赤牛と質量

小池昌代

思潮社

装幀　中島　浩

目次

赤牛と質量

とぎ汁

死ぬときも
こぎれいにしておかなくちゃいけない　なんて言って
ハサミ、シャキシャキ
せっせと他人の
髪の毛を切ったり　顔を剃ったり
（中国では　みみたぶにも剃刀をあてるの）
そうして百二歳まで生きた
胡同《ふーとん》の床屋さん

耳のなかに　森がある人は長生きをする
しかも　ずっと立ち仕事

「知り合いだったんです、映画にもなったんですよ、演じたのは役者だけど
初めて出会ったとき、今日は誕生日だからいっしょに夕ごはんを食べようって
そのときまだ九十八だった。死んだんです。会いに行きたい」

　山の稚児が背負う星
　花の時は花のもの

わたしたち
地に足のついていないアークヒルズビルの三十七階にいて
無名のギタリストが弾く　アルベニスを聴いている
わたしは髪切屋を時々変える

ゆえに不安定
人生を安定させるこつは　いつも同じ床屋さんへ通うこと

「仕事をして夕方になってするとお酒が飲みたくなります。人間の匂いがかぎたくなってまちなかへ出ていくんです。いっしょに飲んでくれるひとが一人もいないときも、音楽がある。そういうときにこそアルベニスがいる。仕事があるっていいね」

うっとりしたように彼女が言う
労働の澱を流す音楽
もうからなくていいの、ぎりぎりで、
小さな仕事でいいの、胡同の床屋さんのように。
もうかりすぎると人格がおかしくなるもの
中国にはいま　そのことで苦しんでいる人がおおぜいいる
真面目な顔で窓の外を見る二人

夕暮れの　灰褐色の雲が　オレンジ色に輝きながらうごき
スクリーンセーバーのようだ　そう思うわたしは
壊れた宇宙船から　宇宙の闇のなかへ放り出された
女の　宇宙飛行士のことを考えていた
胡同の床屋さんのことを考えながら　わたし
わたしは　きのうもきょうも　毎日の米をとぎ
とぎ汁が澄むまでの時間
を炊飯器の　釜の淵から　こぼし　こぼした

　　蛍狩りの夜の秘密
　草の時は草のもの

もう何も
所有したくない　言葉も

帰還することを放棄した無重力の世界で
宇宙の塵となった自分を想像する
これが夜毎の楽しみなの
楽しみというより練習ね
浮いている自分自身が　自分の墓標
さびしさに宿をたち出でてながむればいづくも同じ秋の夕暮
地球をたち出でて　ながむれば
孤独という言葉も塵となって
やがて微塵となる　このわたしも
むかし　鳥の巣を壊した
むかし　アリの住処に水を入れた
むかし　断崖からピアノを捨てた　人間も
それだけはまだ　谷底へ届かない

廃止されたバスの路線
沖の海の石のひずみ

宇宙では　音が聞こえないというが
それでも音楽は　記憶のなかをめぐる　アルベニスも
もうアンケートに答えなくてもいいし
出欠ハガキを出す必要もない世界
この闇は　辺り一面　墨汁の匂いがする
胡同の床屋さんは
その日
あつあつの　豆腐料理を食べて死んだ
食べ残しの皿からまだ湯気が立ち上っていたわ

ジュリオ・ホセ・サネトモ

妻とはセックスしない
妻だけでなく
もうだれとも
韓国で出会ったスペイン人
ジュリオ・ホセ・マルティィネス・ピエオラは言った

一座は湧いた
ばかな

体に悪い
そんなことは
しないほうがいい
したほうがいい
（どっちなんだ）
目的語をはぶくから
わかりにくい話になる
韓国ではまだ
みんな妻と性交をしている
日本では——

ジュリオ・ホセは音楽家
詩人でもある
両手を広げ

このとおりという顔をした
「どこも悪くない。体に悪いなんて迷信だ」

それから
話は詩のことになった

「ある朝のこと
目が覚めると
世界がわずかに組み替えられた気がした
洗脳がとかれたように
言葉を失った
それまで意味あったものは　意味を失い
そののち　一行が降りてきた

The morning sounds as Sunday.
忘れもしない
その日は日曜日ではなかった
そして
周囲は極めて静かだった
なのに　sounds とは
おかしいじゃないか」

サウンズ
ワンズ
ンズ
そのまわりに
いきなりあふれた無の音楽

日曜日のように鳴る一日
ホセは
言葉が
現実をのりこえ
新しく生き始めたことに興奮していた

世の中は常にもがもな渚こぐあまの小舟の綱手かなしも

きのうの短いレクチャーで
わたしは実朝の和歌を紹介したが
ホセひとり
実朝の歌に異様な興味を示し
わたしをつかまえると質問の嵐
ごめん　半分もわからなかった

音程とメロディこそ持たないものの
和歌は　歌詞付きのミュージック
メロディと言葉とが常に別々にしあがるホセにとって
「和歌の生成は宇宙の謎だ」
そしてその謎は
いきなり降りてきた
日曜日の朝の歌へつながる
地球をかけめぐる
和歌、ワカ、ワッカモーレ

我がサネトモ
鎌倉幕府第三代将軍
定家に師事し

後鳥羽院にあこがれ
最後　甥の公暁に暗殺された
数え年、二十八歳
家集『金槐和歌集』の世に流通する二種のうち
定家が編んだとされるいわゆる「定家本」の奥書には
建暦三年十二月十八日　とある
この日付を信じれば
サネトモの和歌は
ほとんどすべて
二十二歳くらいまでに書かれたもの
それ以降
彼は歌を捨てたのか
捨てられたのか
幕府　幕府　鎌倉幕府

宋へゆこうとして
陳和卿《ちんわ(な)けい》に命じ船を作らせたサネトモ
多くの人手を動員しながらも
船は浮かばず
由比浦に座礁した
長い影をひく
無残な幽霊船
建保五年四月十七日
実朝は挫折した
「歌」に折れた

いったい誰が何を誰によってかなしんでいるのか
信じられるのは

あの綱手だ
あれほど確かなものが
どこにあろうか

ホセ実朝
どう見ても
自分自身が　この世にいることを
もてあましているホセの大きなからだ
突き出た腹のなかで音をたてるのは
古いタイプライターか
瀕死の犀か
幕府、幕府、鎌倉幕府

由比ヶ浜に陽が落ちる

宇宙に放出され
散り散りに　切れていく
白濁する　しろみ
ホセの断片

妻とはセックスしない
もうだれとも

そのときわたしの眼裏に浮かんだのは
会ったこともない
ホセの妻のことだった
何がおきても
何を言われても
ホセとともにいる

別れない妻
実朝にもいた
京から迎えた小さな妻が
坊門信子
出家して本覚尼と呼ばれたが
実朝とのあいだに
ついに子は生まれなかった

かなしという古語を辞書でひいてみるといい
かわいい
つらい
いたい
いたわしい
いとおしい

こころひかれる
心はちぎれ　海にくだけ
そのかけらが
韓国・ポエトリーフェスティバルの夜のテーブルのうえ
言葉で十全には通じ合えないわたしたちを
音楽のようにとりまいている
わずかにわかりあえた瞬間にだけ
指先に触れた　ごつい荒縄
潮をかぶった
綱手
かなしも

香水瓶

押入れの奥から出てきた
二十年前の副賞
六本の香水瓶

それぞれの瓶にアルファベットが刻まれ
ふつうに並べれば　poetry　ぽぅえつとりぃー（詩）
でも
pretoy　ぷれとぉい（おもちゃ以前）

trypoe　とらいぽー（ポーを試せ）
typeor　たいぷおあぁ（タイプせよもしくは）
と並べてもいい
破壊しなさい
それが
ぽぅえっとりぃーの奥から聞こえてくる
いつもの小うるさい命令だったのだし

つけたことはなかった
わたしには　香水をつける習慣がありません
蓋をねじれば　ウラシマタロコ
海辺にうずくまる一人の老女が現れいでる
あれが　ワタクシ

調合された当初には
あったはずの　よそよそしさ
カド
自意識も
後退し成熟し
つまりこれはもう
現代詩ではなくなったわけです
この含み
この深み
ああ、うっとり
まるで和歌のように人を酔わせる
二千年じゃありませんよ
たかが二十年

それでもこの香りには　あらがえない
許してください
封印をとくことを
ぽぅえっとりぃー

この香りをかぐためならば
視力と二十年を失っていい
〈いま〉のなかに
溶けて流れて消えるワタクシ　ゲンダイシ

目をつぶし
嗅覚だけの世界で
わたしは文字を捨て
頭のなかに浮かぶもやもやとした

色彩や矢印
ぶよぶよのかたまりを
浮かぶままにして放置する

この不確かで
変幻自在きわまりない
かつて誰も捕まえたことのない不届き者を
香りと呼んでもいいし
詩と名付けてもよかった
そして　だからこそ
詩には型が必要だった
のではないですか
型を放棄し
充満する自由のなかで

さらに自由をつかみとろうと
ワタクシ　ゲンダイシは
ある一時代
血の流れぬ一人だけの戦争を生きた

そこまで思って目をあける
すると覚醒によって
香りは失せ
わたしが詩と呼んだなにものかも
気づけば　詩の賞も終わりを告げて
会社の公用語は英語となり
一番の市場は　アジア、中国
「読まれてこそ　それは詩になるのよ」
日本語はどこ?

大丈夫
宇宙の塵として永久運動を続けておるよ

何を惜しんでいるのか
目を見開き
ここに残る
ふてぶてしい肉体を引き受けなさい
燃え尽きるまで
塵となるまで

釣りをした一日

生涯に二度
釣りをした
二度目は　一月　厳冬の
格別美しくもない川のほとり
男二人と女一人
早朝に作った　三人分のお弁当の
おにぎりにまぶした金ごまがナマだった
釣りにあきると

野原まで散歩した
背の高い枯れ草がゆさゆさと揺れていた
また少し歩くと
学校の広い運動場に出た
休みの日だったから　誰もいなかった
サッカーボールが運動場のまんなかに取り残されていて
ボールは自分の意志でころがれない
だから詩に　書きたくなるのだと思った
風が強くなってきて
底冷えがしてきた
陽もそろそろ陰るというころに
一人に小さなフナがかかり始めた
あともう少し　もう少しやろう
彼は熱心に言った

わたしは帰りたかった
冬の日は　すぐに傾き
大漁の彼も
ついに満足げな
いやしかし　まだ少しここにいたいというような顔をして立ち上がると
バケツを傾け
川へ
釣ったばかりのフナを流す
ざざざ　と水があき
無表情なフナたちが
なされるがままに川へ帰った
目を開けたままの
魚の横顔をわたしは見ていた
それから三人で来た道を戻った

おにぎりの分だけ　身軽になって
駅へ向かう途中
何を話したかも思い出せない
釣り竿を持っていなければ
わたしたちが
一日　川のほとりで
釣りをしていたなんて誰も思わないだろう
だがほんとうに釣りをしたのか　わたしは
釣った一匹は川へかえした
進歩もなく
退行もなく
世界が不思議な足踏みをしていたあの日
それでも
わたしは釣りに行ってきましたよ

と

誰かに話してみたいような一日だった

なう

あんたの
揺れている顔から　いま
立ち上る黒い感情の水蒸気を
見つめている　揺れているわたしの顔が
あんたの背後に揺れている木を　見てる
黒い緑の木
影がわよわよと泳ぐ
そうだわよ怖いわね

風になぶられてあゝいつか
わたしも誰かを殺してしまいそう
会いたい人はいますか
そう聞かれて　答えられなかった
けど　好きだった
緑の木とあんただけは
とくべつの・なかま・わたしにしたしいもの

誰もいなくなった街の
白い往来を
一人で歩いていたあんたの顔
わたしはいまも忘れることができない
けれど思い出すこともできないでいる
目も鼻もまゆげも口も

確かに所定位置についてはいたが
像を結ばない
解かれてしまって
へんな顔　あんたの顔

制御棒が静かに挿し入れられる昼
黒ずんだまぶたの丘から
あの顔が降りてくる
わたしも壊れながら
夕暮れになっても部屋に一人でいて
誰にも会いに行かず
窓からいつも暗い木を眺めた
緑の木　みどりご　みどり　緑の歌
シーシ、ザッハ、ローラ、ヒポリ、ヒポリ、

ほら、さわやかな、歌をうたいませう
坪内逍遥訳の「真夏の夜の夢」は「なう、」と始まる
「なう、ヒポリタどの、わしらの結婚の日は最早（もう）間もない」
「なう」は七〇年代を横断したせんだみつおの「銀座NOW!」より「ナウい」と変幻し
さらには
なう　と
ツイッター上で光をあびた
それもいまはむかし
わたしたちはいま
いまをはかなむ
家は解体し
家族も解散し
海産物は食べられなくなり
なう、

顔は壊れ
ふみつぶされて
陽のあたる丘の上
累々と死んでいるからだ　なう

皿の上のこぼれたパンのくず

立たなくなる　という話をしているときでした
部屋の窓から　紅葉するいっぽんの樹木が見えていた
女たち四人
わたしは
あなたでは立たないでしょう
と笑いながら　男の友人が言った言葉を思い出していました
そのひとがそういったとき　わたしも笑った
そうかもしれない　と思ったものですから

逆流してくる黒い水が。
あなたはとてもきれいです
ひげがはえているけれども
類似したものに丸をつけてください
ずっとふしぎでなりませんでした
コーヨウを見たいというわたしの欲望が
色がほしくてたまらない
コーヨウを眺めながら
高揚を押さえられず
女たちは
静かな丘のもりあがりを感じていました
色は観念ですよ　そこに赤があるのではない　赤く見えているだけ
画家のヴァージニアが言いました
ただ　あたしたちは見たいのよ。凝縮したイノチをね

薬剤師の牛田さんが言いました
むかし、子供が　わたしの子供がと
何も言わなかった織部さんが語り始めます
むかし、子供が
電車のなかで　ダウン症の子供を見つけたの
わたしの手を振り解いて　ぐんぐん近づいていって　言ったんですよ
「きみとはいろんなところで会ってる　だから　きみとはともだちだ」
ダウン症は　その顔つきに特徴があります
どんな子も似ているわね
いろんなところで会ってる
だから
きみとはともだちだ
静かにもりあがる丘が見えていました
波も部屋に入ってきたそうにしていました

織部さんはいくつなのかしら　よくわかりません
テーブルのうえに　柿の種が散らばっています
駱駝って復讐する動物なんですよ
母という母が
ビニール袋にテヅクリの食べ物をつめて
宅急便で送ってくる季節です
娘たちはそれを　みんな腐らせて捨てます
あたしにかまわないでよ
ヴァージニアは六十五歳まで生理があったそうです
女たちばかり、同窓会が終わったあとのトイレのなかで。きょう、あたし生理だから、
といったところ、みんな、ぎょっとして、わきにわいたといいます。まだあるのまだあ
るのまだあるのまだあるの。医者に止めてもらった。彼女は言いました。
あの鮮血
血を見る代わりに紅葉を見るのかしら

あなたとどこかでお目にかかりましたね
あなたとは　あらゆるところで会った
だから　ともだち
逆流してくる黒い水が。
女たちは　よく似ていて見分けがつかない
と思うそばから　まるでばらばら
誰も誰かに似ていない
うちのCDやDVDは　蓋をあけても本体は入っていないわよ
いばることじゃあないでしょ
中身はからっぽ　あるいは別のもの
ものは　あるべきところへ
水は　低きへ
そういう秩序にあきあきしたの
大量の水が　押し寄せてくるわよ

もうすぐに
四人のなかに
なにかがしみて
さっと広がる
ナプキンに落ちた鮮血のように
それから静かになり
話すこともなくなり
樹木が紅葉し
それも散ってしまって
ノック、ノック、ノック
だれもいません
冬の黒い波が　ノックしています
入れて

海老の神社

時は流れてなどいない
干上がった川底に
無情な石としてただ置かれていることもある
机のうえの不安定なコップ
わたしの肘の　ほんのひとつきで倒れ
水浸し
だめにした大事な手紙が
硬く乾くころには

なにもかもが終わっていた
フカギャクとは
むかし誰かがつぶやいた呪いの言葉
つぶやいた人さえその意味を知らなかった
鍵穴に鍵がはまるように
意味がはまる
きのうわたしは
かわいらしいそばかすだらけの女の子に
道を聞かれた
わたしよりはるかに流暢な英語で
どこから来たの？　わたしは聞く
Where are you from?
Where are you going?
そしてどこへ行くの

中国から来た女の子は
カメラをかかえ地図を差し出す
目と目が合い　逸れ　そして合い
そこまで　いっしょに行こうとわたしは言う
途中まで
前にも誰かに言った言葉を
その子のなかにぱっと輝きが生まれ
わたしたちは
ともに向きを変え歩き出す
あのときも　そうだった
同じ方角へ　歩調を合わせた一瞬
わたしたちは　お互いを抱くナカマだった
いつだって
途中までは　誰かと行く

途中までは
道が分かれるところ
また　一人になる　そこまでは
いっしょに行きましょう
ありがとう　ありがとう　ほんとうにありがとう
その子は幾度も　ありがとうと
神社のある森の奥へ　小さくなって　消える
そのときになってようやく　自分が
shrine（神社）とshrimp（海老）を
取り違えていたことに　きづく
ありがとう　ありがとう　ほんとうにありがとう
海から這い上がってきた海老の群れが
玉砂利の道を音たてて行進し
神社の奥へ入っていく

三月の冷たい水*
だんなさん、だんなさん、ここで待ちましょう
火の粉はあがっていますけれど
ここならきっとだいじょうぶ
だんなさん、だんなさん、ここで待ちましょう
七十年前　橋の下から湧いた　あの女の声
祖父の耳にしまわれた　あの声が
いま戸を破って　わたしに届く
冷たかった水　寒い寒い
はやく　はやく　逃げて　逃げて
途中までは　誰かと行く
橋の下に見知らぬあのひとを置いて
祖父は逃げた
川を流れていく燃える筏

神社の奥に　横たわる海老たちが
体を折り曲げすすり泣く
その声が
いま
たまじゃりのうえを
　透明に濾過され
　　流れていく
　　　流れていく

＊一九四五年三月、東京下町を襲った大空襲。同年八月、日本敗戦。

石を積む

風だらけの島
韓国・済州島
そこでは人が石垣つくり
にんにく畑を風から守る
積み上げる石は　よく吟味され
茶会の茶碗のように　回される
ただし
その数は　きっかり八回

回しつつ　探られるのは
石の正しい置きどころ
鍵と鍵穴
のように
言葉
のように
置き石にもまた
かちりとはまる
動かしようのない位置があった
それを見つけるまで
さぐり続けなさい
自分の手で
八度　契り
八度　別れたが

自分の位置を
いまださぐりあてられない
老人は
石の積み方を語っているのか
自分の来し方を語っているのか
石と石
人と人とのあいだに
わずかな隙間をつくるといい
そこから風が逃げていくから
それがすなわち堅牢な石垣を創るこつ
石を積め
風が馬となり
いななくまで

しくじりの恋

路上に舞い降り
群れる雀のなかの
ただ一羽の雀をよりわけられない
そのように
人間のなかの
ただ一人の人間を
よりわけられない巨大な眼
そこに映る人間世界を想像する

朝の電車に揺られながら

いろとりどりの肉草
うごめき
からみあい
すいあったり
はいせつしたり
そこから急降下
地面に降り立つと
向こうから知り合いが来る

あら元気？
さむいわねあたたかいわね
やせたわねふとったわね

ちかごろどう？

何にもまして
生涯のしくじりは恋だったとわかる
雀になった今なら言える
ほがらかな声で
やめときなさい
あれはくずよ

雨を嗅ぐ

結婚して
タンザニアにいくというかなこさんが
とつぜん言った
ぬーという野生動物をご存知ですか
顔がみにくくて、
真っ黒で、
名前のとおりの、なさけない声で鳴く、
群れをつくり　サバンナを移動するんですが、
遠くの雨の匂いを嗅ぎわけるといいます、

ウシだかカモシカだか　わからなくて、
山羊のようなひげがあり、
肩のところには　らくだみたいなこぶ、
ツマリ、どの動物からも仲間はずれ、
そこまでを一気に言い終えると
……つまり　ぬーは神さまから罰を受けたんですよ
相槌もうたずに
みんな黙った
ぬーはどんな罪を犯したというの
なさけない声ってどんな声よ
その声が
自分の泣き声に似ているような気がして
わあっと泣きたい
声をあげたい

そう思うだけの　白い顔で
ぬーの鳴き声を想像する
角をもった黒い毛深いイキモノ
何かをした
何をしたのか
その何かを
かなこさんは一言も口にせず
発ってしまった
タンザニアはアフリカ中央東部にある
ほらここね
地図のうえに
あのとき誰かがワインをこぼし
赤ワインは
世界地図のなかに

もうひとつの
架空の国のしみあとを創った
ひとと別れることは
自分の腕がもがれていくような悲しみ
ない腕を　さすりながら
かなこさんは　やはり
わたしの右腕だったのだと知る
雨が匂う
からっからに乾いた東京の冬
固まりかけたかさぶたに爪をたて
わたしは
わたしたちは
はるか遠くの地で降り始めたばかりの
雨の匂いを唐突に嗅ぐ

門司海員会館

夜に移動する生活が続いていた
闇のなかを　街から街
朝起きて　窓を開けたら
門司港が見え　釣り人がいる
何も歌い出さない心を抱いて
食堂に降りていく
門司海員会館は海員のための宿泊施設
船乗りではないが　泊めてもらった

かさかさの焼鮭と　茶色い海苔
ご飯だけは山盛りで
おみをつけは熱いけど
久しぶりに
驚くほど　まずいものを食べる
これで九百円
高いと思う
食堂のおばさんは笑顔をたやさない
同じテーブルの船乗りさんたちを見た
おいしいとも　まずいとも
彼らは　いつだって何も言わない
みな　親につけられた名前をもち
静かにそれを　身に収めている
ペンネームなんか　つけないし

思ったこともない
朝六時
そんな船乗りさんたちに混じって
いい人の作ったまずい朝食を食べる

けんちん汁を食べてってください

一月の夜道を歩き
届け物をしたサトウさんの家の居間
奥のほうからおばあさんが出てきて
けんちん汁を食べてってください
そう言いながら熱いほうじ茶をすすめてくれた
けんちん汁は　なかなか出てこない
湯呑みを両方のてのひらでつつむ
熱い茶の温度がてのひらへと移った

あたためられているのはわたしなのに
わたしがあたためているようにも錯覚して
生きていると
主語と目的語が入れ替わることがある
お茶がわたしを
わたしがお茶を
あたためられることはあたためること
けんちん汁は　なかなか出てこない
わたしはいつも　何かを待っていた
けんちん汁を先頭に
そのずっと奥にひかえるもの
すると
おばあさんがついに現れ
目のまえに

けんちん汁が差し出された
新幹線の先端のような表情で
ふうふう　食べた　おいしかった
あっけないほど　早く食べ終えた
浮生という言葉が李渉の漢詩にある
はかない生という意味だそうだ
その字義どおり
生は浮いている
けんちん汁を待っているあいだ
わたしは何者でもなく　この世に在った
在ったというより浮いていたのだ
心の上半分が　浮世の水面に
あれを幸福と呼ぶのだろうと思う

群れ

シアターから出てきた人の群れが
路上にあふれ
川となって　駅へと続いていた
渋谷・公園通り
否応もなく　四方を囲まれ
わたしも歩く
観客だったような顔で

二〇一七年　バルセロナ　夏
サッカーの試合を観たあと
深夜
同じように群れとなって
帰途についた
道の両脇には　闇をかぶった背の高い木々
それも次第にまばらになって
街の中央に行き着く頃には
観戦の熱気も
あとかたもない

群れは行く
何の群れか
たずねるころには

誰もいなくなり
百年がたっている

生きていたころ
道を歩いた
群れにまざり
また一人になって

残っているのは
あのリズム
あの鼓動
あの熱気
そして冷たさ
どんな華やかな一日の記憶より

人にうもれて
ともに歩いた日の

ここにはない

パリへ向かう飛行機
隣の席に
漆黒の肌のおんなのひとが座った
白い開襟シャツもまぶしかったが
V字に開いた胸元に
一粒ダイヤモンドのネックレスが凄みを帯びて光ってた
わたしは即座に理解した
アフリカに横たわる豊かな鉱脈

ああダイヤモンドは
黒い肌につけてこその宝石だってこと
離陸して気流が安定すると
わたしはバッグから
日本語で書かれた文芸誌のフランス現代詩特集号を取り出す
何をお飲みになりますか
客室乗務員に
わたしは　コーヒー
彼女は
リプトンのティーバッグはあるか、とたずねる
あいにく、リプトンはおいておりません
彼女は落胆し　それがわたしにも伝わった
（そういうことはある
（理由は定かにはわからないけれど

（どうしたって
（リプトンのティーバッグでなければならないという場合が
飛行機は
しばらく安定した沈黙のなかを進む
やがて彼女が口を開いた
誰かが隣りに座っていることに
はじめていま、気づいたというように
ねえ、あなたの読んでいるそれ、それをわたしに見せてくださらない？
え？　これ？
そうよ、それ
ええ、いいわよ、どうぞ
（でも　これは日本語だし
（フランス現代詩とそれについての論考が載っていて
（すぐに気づいたの、機内に持ち込むものを間違えたって

（でもここは上空　もうどうにもならない
（わたしには気が狂いそうなほどつまらないけれども
ええ、いいわよ、どうぞ
特集号を受け取った彼女は
ぱらぱらと　頁をめくり
そのぱらぱら　のなかに
日本語になった行わけ詩が
束の間あらわれては　はかなく消えた
ありがとう
やがて本は
渡す前とはすこし違うものになって
私の手元に戻ってくる
貸すってそういうこと
わたしたちは

言葉にならない　何か非常にはかないものを共有して
前より少しは絆を深める
一緒に死んでもいいくらいには
夕食の時間
客室乗務員がまわってきて
お飲み物は何になさいますか
彼女はふたたび
リプトンのティーバッグはあるか、とたずねる
あいにく、リプトンはおいておりません
客室乗務員は同じことを言い
もう他の銘柄をすすめない
そのときわたしには見えた
地上に建つアパートメントの一室のキッチンの棚のなかの蓋の開いた薄い箱のなかの
虫のわく寸前の飲み残されたリプトンのティーバッグ

そこには　ある
が　ここには　ない
あなたが静かに求めてやまないもの
それをわたしも
ええ
必要としている
熱く
だがそれとは何？
何なのか
わたしたちにはわからない
だから何度でも
確かめずにはいられないのだわ
あらかじめ無いとわかっているものの際立つ輪郭を
たったひとつの商品名によせて

地鳩の目

風景には読みほどくことができない不可解さが残り続ける。

1　歌う赤土

フリーウエイ61号線をまっすぐに
カイルアへと向かう赤いジープ
途中、切り崩された崖が

いきなり諸肌を脱ぐようにあらわになって
ああ赤土!
土　はにかむ!
わたしは東京の　黒い押し黙った固い土を思いだしながら
ポリネシアの
歌う赤土に胸を衝かれていた
カイルアへの
出口はひとつ
このわたしにも
死への標識が　至近距離にたつ
土俵に押し出され
手と尻をついて
派手にころんだわたし
土が付く

すばらしい敗北だった、生、その連続は
東京の土は便秘の便の色
固くて真っ黒（宿便という）
人を殺めれば
血を吸い取るために
地上十三階にも
園芸用の土を何袋も届けてもらう
ああ　土の色、土の色に
動揺しているこのわたしの荒い息が
ハアハア　カイルア海岸を吹き渡る
ハアハアハア　黒い犬の舌
ヤンキーの　狂った娘　黒髪染めて
きんぴらの好きなちんぴら親父が
髪の毛ねじりひっつかんで怒鳴る

そんな娘に育てたおぼえはねえよっ！
燃えさかる　髪のオレンジ
しみだしてくる　土地から色が
土に押し倒され
わたしは生きたまま　目ンたまあけたまま　口空けたまま
赤土に犯されていく
からだじゅうの
穴という穴へ
なだれこむ土

２　目のなかの小さな家

ガイドとは　じつに魅力的な人間

だがあやしく　人をかどわかす
多言語をあやつり
土地と人に精通し
蛇の道を知る
殺されかけたことも　一度や二度ではない
日系二世のコマツさんは
白濁した右目をもっている
その目が私を見て言った
この国の光は実につよい
暴力といっていい
釣りをしているとき
海面の光で目に傷がついたんですよ
医者へ行ったが
これはもう治らない

いっしょう　治らない
そう言われました
陽が落ちるまでは
子どもにだってサングラスは必要です
これはもう治らない
いっしょう　治らない
白濁した目のなかに　まざる血の赤
返すことばがなく　みんな黙った
あの目のなかに映る風景
溶岩でできた黒い土地を歩く
靴の裏から熱気がたちのぼる
カッカ　活火山
流れてきた溶岩で家が一軒燃えました
でもそのあとに

また建ったんです、同じ場所にね
なんということか
同じ場所に
同じ家を建てる
生きるとはこりないこと
土地を離れては生きられない
わからないね、わからないね、わたしには
わかるよ、わかるよ、わたしには
コマツさんの声は二重になって聞こえる
溶岩はゆっくりと
時速三十五キロほどで流れ出る
ゆっくりやってきて、すべてをのみこんでしまいます
小さな家
コマツさんの傷ついた目のなかの

小さな家の小さな窓
そこに見えている顔は
わたしに違いない
わたしであれ

赤牛と質量

そこにすわろうとおもう
すわってながめようとおもう
たくさんの交合写真を見たあと
海が輝いていた
木曜日
わたしたちは服を脱いだ
あんなにきれいな海を見たのは初めてだった
夏が終わり

わたしは初めて死ぬってことがわかった
死んでしまったにんげんもいた
海は自殺しない
生きているあいだ
にんげんはにんげんとまじわりつづけた
わたしは走る
突端に滝があるので
たえきれぬように水が落ちる果て
わたしたちは
断崖を落ちた意味のなかを落ちた世界を脱いだ
そして
走った　ただの質量として
世界の赤牛として
皇后の目のなかの神々しい交合

ほしがる人々がいた
入り乱れる人々が
取り交わす、取り替える、まじわる、かわるがわる、からめる、いれこむ、つっこむ、
一つのものになる
相手のものになる
相手をものにする
足と足　舌と舌、はまる、抜ける、あいする、あいさつする、なめる、こまる、ふっと
うする、変化する、しろくなる、わたしになる。

「宇宙の始まりにおいては、質量を持たない素粒子が、真っ暗な空間を自由に飛び回っていたんです」

「百億年以上も前のことでしょう」

「ええ。人類はまだ現れていない。人類どころか、生物も無生物も」

「無」

「そう、無です」

「耳がきーんとしてくる。音はあったのでしょうか」

「想像してごらんなさい」

「だれもいない、なにもない、なにもきこえない、わたしがいない」

「その後、何が起きたか知っていますか。ヒッグス粒子と呼ばれる素粒子が空間を満たし始め」

「ええ」

「その他の粒子が動きにくくなって、故に質量というものが生まれてきた。重さとは素粒子の動きにくさのことなんですよ。だから、あなたも家を出なさい」

「何が言いたいのですか？」

「誰かに会って裸になりなさい。いや、逆でもいい。裸になって家を出る。あなたに足りないものは、ほんものの質量ですよ」

光る雲を眺めていると想念がわいてくる
わたしたちには突起物がある
それはとても大事なもの　と母は言った
わたしは学校の廊下で
いつも鉄塔のように考え続けていました
髪をつかまれて死ねと言われました
くさい　おまえのからだ
わたしのからだからは何かが出ていた
もうもうと生える毛の　その下から
わたしの個性それはわたしの言葉なんかじゃない名前なんかじゃない
くさい、おまえのにおい、すきだ
汗、恥垢、唾液
くさい、おまえのにおい、おれ、すきだ
だっておまえがそこにいるから

わたしは泣いた
地熱のような指の摩擦があり衝動があり火山が爆発して熱いマグマが地に吹き出し
海のなかへ
じゅっと音をたてて流れこむ
ほとばしる　ほとに
さわりたがった
お椀ほどにふくらみ始めた乳房もゆれ
わたし、さかなだった
もっと前は海だった
海水に刺さった棒が
上下左右　螺旋を描く
時間の突端はいつも痛い
海はといかける
果てはあるのか

ええうう、ある、　おおいえ、ない、
答える間もおしく
赤牛がやってくる
群れ　どっと
蹄の音　高く

八角の妻

あたしは俳句をやらないが
今年の冬は
きりざんしょ　という言葉を拾った
正月用の餅菓子だって
　暮からの風邪まだ抜けず切山椒
あたしの句じゃないよ　万太郎
桃色　茶色　白いのもある
ふにゃらけた　角材のような

すあまとよく似た　切山椒
山椒じゃないよ　和菓子だよ
路地裏めぐれば　まだ生きてるよ
寒い朝
切り通しの坂をのぼって
浅草の仲見世へ行く
修学旅行生と外国人ばかりになった浅草の
人形焼は
やっぱ　あれだね　あんこなし
きり、ざん、しょ、
切山椒はいらんかね
詩集はいらんかね
生まれたての　赤ん坊はいらんかね
金龍山浅草餅本舗《きんりゅうざんあさくさもちほんぽ》

店はあれども切山椒は売り切れ　詩集は売れ残り
赤ん坊は品不足
散切り頭の
「あたしのおやじが久保田万太郎と小学校が同級でね
いまじゃうち一軒だけでしょう
一年を通じて切山椒を扱ってるのは」
おじさんは言うが　おじいさんだったかもしれない
下町の　老いた男は「あたし」という
仕方なく　あげまんぢゅう八個　買ってかえる
きり、きり、きり
きり、ざん、しょ、
あたしにはむかし八人の妻がいた
切り通しの坂をくだって
順番に　会いにいったもんでさ

八人の妻　八個の箱におりたたまれて入っていて
開くと
地面を這い
羽根があるので跳んだりする
硬い甲羅を持つ四番目の妻
江戸川の川べりにいた
戦闘的なザリガニたちの精霊が
こんな日には
ざくりざくりと
深い地中から　くりだしてくるんでさ
苔をこのむ妻
つまり妻たちってザリガニのことだったの？
彼が死んでも戸籍は抜かない　戸籍上の妻は
指かじかむ日も

西の市の屋台で　切山椒を売ってる
八人いる、どの妻にも夫との多角的な思い出があり
錯綜する地下茎
ねえ、あんた
タロイモ畑で言ったじゃないの
心底惚れたのはおまえだけだって
憲法を文学的に読んだのなら
多義的多角的解釈によって
改正など必要がないのではないかい
(ただしあたしが気になるのは
　九条より第一章。天皇のこと)
祈るって力のない言葉だね
祈る人って何もしない人のことだね
十二時の鐘が鳴り

八人の妻たちがランチに集まるとき
テーブルは蜂の巣　六脚の椅子
二人は座れない　が
つめればいいいさ　妻の座だって
国際通りを
ザリガニ率いてパレードしよう
きり、ざん、しょ、
無残だね、
切山椒はザリガニの餌にもならないが
こうやって　こぼしておけば
誰かがきっと拾って食べるだろう
物好きなら　金龍山浅草餅本舗へ　寄ってくれるだろ
でも切山椒は
ないよ

いつだって売り切れてる
穴だらけの頭陀袋へ　だから
食べ物をおくれ
あたしの言葉
誰にも通じない
おおさぶい

浦を伝って

日本の詩の川底の泥のなかに、うなぎのように横たわる女、うら。「ああ浦」と萩原朔太郎が呼びかけたその女は（「猫の死骸」、「沼沢地方」）、瓦斯体の衣裳をきた心霊の女。しかし浦とは女装した朔太郎のことではなかったでしょうか。アイラインを引き、口紅を塗り、頬紅をさすと、どこかロシアの人のようにも思われて。化粧映えする朔太郎の小顔。タイトスカートの下からは、ごつごつのふくらはぎが突き出していた。エドガー・アラン・ポーの詩「ウラリューム」（Ulalume）のUlaから輸血されたともいわれるウラは、裏、恨、浦と漢字に翻り、日本語の土壌に羽音をたてながら降り立った。「ウラリューム」に描かれた寂しい十月の夜。ほの暗いオーベル湖のじめついた水辺。ウェア地方の霧、墓を掘り返しては死肉を食うというグール(ghoul)の現れそうな深い森。そこに、朔太郎の詩「沼沢地方」をつなぎあわせてみましょうか。ポーの水辺にお寄りなさい。着物姿に丸髷の朔太郎が降りてきますから。カタカタコト。あら、いけませんわね。お顔色が悪いわよ。それは長い帯のようなものを垂らした日本語の姿でもあった。心のことを古語でウラという。心悲しいと書いて、うらがなしいと読むのです。心なき身にもあはれは知られけり鴫立つ沢の秋の夕暮——西行の詠んだ鴫立つ沢とは神奈川県大磯の西。この沢にも朔太郎の沼沢を重ねてみましょうか。心なき身。心なき身とは。そして鴫立つ沢とは、鴫の立つ沢でなく、鴫がいっせいに飛び発つ沢なのでしょう。ポーの「大鴉」は、nevermore ねゔぁーもわぁー（二度ともう）と鳴いた。朔太郎のオノマトペは、この大鴉の広げた大きな翼の下にある。「おわあ、おぎやあ、おぎやあ」（「猫」）には、nevermoreと同じ、翼のかたちをした、暗い存在の影が落ちています。鴫はどう鳴くか。もっと澄み渡った声で鳴くようです。それは西行の声でもあったでしょう。鴫はさえざえと飛び立ち、人を、西行を、秋のなかに置き去りにする。去っていく鳥を見送るしかない、空しい身だけの身が、心なき身なのではないでしょうか。沢とは水のたまる小さなところ、そして浦とは水際一体を広くさします。芝浦、土浦、袖ヶ浦、田子の浦、浦賀、浦上、浦瀬。日本にはいたるところに浦があり、浦に心寄せ、歌が生まれた。歌のすみずみにも浦が開けた。飯島耕一には詩集『浦伝い　詩型を旅する』という一冊がありました。型をたずね、浦をたずねたこの詩人は、小柄な人でしたが鷲のように身の内に雄大な空を抱えていた。港町を巡り歩いた風景論『港町』には副題として「魂の皮膚の破れるところ」とあるのです。見えるでしよ。歩けばすなわち裂傷を負った皮膚から、血が吹き出し宙を飛ぶ。漂流者たちは傷を負い、その血を洗うため、いつも水際まで歩いていきました。浦伝い、入江づたいに、死者の目が光りながらうつろっていく。何を言わないで死んだか。彼ら死者の胸の内を思う。それが表現の始まりであったと思います。Ula Ula 歌占（うたうら）。和歌は予言でしょうか。浦、わたしのなかの浦。いつまでたっても乾かない濡れ髪の。漆黒の。ポーの「大鴉」の濡れ羽色の。あはれなり世をうみ渡る浦人のほのかにともすおきのかがり火――後鳥羽院のこの歌に深く惹かれます。倦み渡る者にはいつだって、沖のかがり火が遠方に見えていて、それは敵方の灯す火でしょうか。敵を見失うな。雑駁なたくさんのものを書き、ほんの少しだけ光って死ね。飯島は若い人間の背中を押す人でした。今も浦をたどって旅しているのでしょうか。現代詩にも定型が必要だと主張し、積極的賛同者を得られなかった。しかし「定型」の意味するところをわたしはひきずって考えています。詩とはやはり型・形を持ったものだと思うから。カタカタコト。歌が夕方に降りてくる。こぬ人をまつほの浦の夕なぎにやくやもしほの身もこがれつつ（藤原定家）。わびしさとは、まさに藻塩を焼く匂いのことでしょう。あの匂いは骨まで染み渡る。定家は首の太い男ではなかったでしょうか。メランコリーというムンクの描いた絵には、ラウラという、ムンクの妹が描かれていました。猫背のラウラがまとう服から、苦いあの匂いが漂ってくるようです。重度の鬱病を患っていたラウラ。描かれた目は、どうみたって「穴」なんです。そこから鰻が出入りする。彼女だってそう、浦ですとも！　西洋と日本のつなぎ目に、ウラの悲鳴が走っていく。誰も訪れることのない海辺に暮らす浦、ラウラ、ウラ。窓の向こうに、ベロベロと横たわる雲。風景は、内臓のように窓からはみだしている。ある日の午後、バスに乗り込んできたのもそんな浦の一人でした。全身、水をしたたらせ。藻塩焼く匂いがバスに満ちた。窓の外にはうみわたる風景。三浦半島。出発したのはいつでしたか。どこへ向かうバスなのですか。小野十三郎が新《しん》阪堺線《はんかいせん》から見、「葦の地方」と呼んだ大阪・湾岸の風景が浮かび上がります。大工業地帯が群生する葦の向こうに見えていました。さて、東京の湾岸。埋立地にも生えていた葦。葦の原。土砂・廃材・産業廃棄物・生ゴミなどで埋め立て、脆い地盤のうえに築かれた繁栄。コンクリート詰めにされた高校生のドラム缶が生い茂る葦の間に見える。永遠もまた、みじかき葦のふしの間ほどのものであるなら、わたしが窓の外に見たのは何千年の歳月にすぎない。翼の音が一斉にして、しぎたつさわ、つぎはしぎたつさわ。

黄金週間

初夏《はつなつ》の海を
船がゆく
漂わず
浮かぶこともせず
詩を脱ぎ捨てんと
急ぐ船
途中
岩山があり

そのわきを　通過した船は
さいご岩陰に船尾を納めると
二度と船首を現さない
船が消えた
わたしは背後から鋭く呼ばれ
振り返る
その姿勢には　覚えがあった
首より下半身へ　固まり始め
身動きがとれぬまま
船になり始めていた
尻のあたりから　影に入った
もう二度と
人間には戻らない

父

おとうさんは商売に向きませんでしたね
原価に利益をほとんど乗せないで材木を売ったりして
ばかじゃないの　困ってしまう
お金に興味がなかったんでしょ
よく店が潰れなかったと思いますよ（会計士・菅田）
人の悪口を言わず批判は口を噤むことで表現した父
人に何かを貸す時
それは家でも土地でも

場合によってはタダ——ということがあった
そんなことをする人間は
誰かに憎まれる
晩年に
一人の老人から
町内費を使い込んでいるという中傷を受けた
儲かってもいないくせに
人にごちそうするのはどう見ても怪しい（町内・Y氏）
世間よりも狭い町内という極小世界
そこに身をおいて生きてきた父
そんな人じゃないよ
誰かの一声でそれきりになった
父は怒ったが何も言わなかった
灰色を引き受け

真っ白にみえるよう努力もしなかった
馬鹿真面目であるというだけで長く会計係をしていた父
酒を飲めなかった
ボーリングやスキーをしたが
いずれもそのフォームは正しすぎて笑える
遊びがない　熱中しすぎる
字
もそうだ
俳句を作った　少しだけ
すべてに通じる融通のなさ
中小企業の社長としてどうなの?
わたしは反発したいらいらした馬鹿にした
世間に出れば
軽く扱われることがあっただろう

幻の士農工商
凄まじいこの人の世を

毎年ある時期になると
ある人から白い砂糖がどっさり届く
なんで砂糖なの?
父は答えない
あとになって
砂糖などでは到底追いつかないことをした人が
そうやって毎年届けに来るのだと教えてくれる人がいた
砂糖が貴重な時代だった
驚くほど重い白いかたまり
一年ではとても消費しきれない
使いきれば体に悪い

わたしには
そのかたまりが
償いというにはどこか滑稽なものに見えた
重いくせに甘い
この矛盾する印象
潔白の白
その人は父に何をしたのか
されるだけの甘さがきっと父にもあった
甘いものの好きな父が甘んじて受け取っていたなめれば甘いもの

材木屋などやりたくなかった
自分に商売がやれるとも思っていなかった
長男だから継ぐしかなかった
父の父の抜け殻となったシャツを抱いて泣く父

父の時間は
一九四五年　下町の大空襲でとまっている
冷たい三月の仙台堀川に
祖父と父と沈んで戦火をのがれた
目の前に大日如来の仏像が流れてきたとき
助かったと思った
思わず摑んだ
父は特定の宗教を信じず
仏教に帰依するということもなかったが
わたしの胸には
宗教的人間という言葉がある

源実朝の木像が残っていて

わたしはその顔が好きだ
東国の人の顔だと思う
涼しい顔で
伏せた目がなんとも奥ゆかしい
ある日気づいた
父に似ている
そしてそういえば詩人Mにも
受賞した文学賞の数多々
一見、じゅうぶんに、認められているようだが
なぜか目につくのは　気の毒なほどの酷評・中傷
なかには言うほうが疑われるような
人格非難も
罪人のように長身を折って歩く彼
実朝とMと父は似ている

わたしはただ
面差しの印象を述べているにすぎないのだが

なぜ　実朝に惹かれるのか
和歌などに身をやつして
と悪口を言われた実朝
歌人として立とうなどとは思っていなかっただろう
和歌は余技
けれどその余技は涼しい顔でサネトモをささえた
和歌は残った
白い砂糖のかたまりのように

「本当は英語の教師になりたかった」
なりたかったものは　天職ともちがう

土の下で
ほんとうの仕事を父はまだ探しているのかもしれない

腰を折り曲げ
何もしない祈る人
頼りない人
燃え上がる炎
冷たい川の水
そこに半身をつけたまま
心細い顔で
一人の少年がこっちを見ている

初出一覧

とぎ汁　「現代詩手帖」二〇一五年一月号（「豆腐」改題）

ジュリオ・ホセ・サネトモ　「現代詩手帖」二〇一六年一月号

香水瓶　「別冊　詩の発見」十七号、二〇一八年三月

釣りをした一日　初出不明

なら　「洪水」十号、二〇一二年七月（「仲間」改題）

皿の上のこぼれたパンのくず　「現代詩手帖」二〇〇七年一月号

海老の神社　日本近代文学館「3.11 文学館からのメッセージ」。二〇一四年、二〇一五年、二〇一七年に展示。

石を積む　「読売新聞」二〇一五年一月十九日夕刊

しくじりの恋　「読売新聞」二〇一六年五月二十七日夕刊

雨を嗅ぐ　「別冊　詩の発見」七号、二〇〇八年四月（「ぬー、アフリカの声」改題）

門司海員会館　「リバーサイド」五号、二〇〇九年十二月
けんちん汁を食べてってください　「読売新聞」二〇〇四年一月十七日夕刊
群れ　書き下ろし
ここにはない　書き下ろし
地鳩の目　「現代詩手帖」二〇一〇年九月号
赤牛と質量　大橋仁写真集『そこにすわろうとおもう』のために書き下ろしたものを再構成。GLOBAL PHOTO COLLABORATIONS 二〇一三年十一月二十二日～二〇一四年二月十四日 DIESEL ART GALLERY にて。

八角の妻　「現代詩手帖」二〇一四年十月号（「彼の妻」改題）
浦を伝って　書き下ろし
黄金週間　書き下ろし
父　書き下ろし

赤牛《あかうし》と質量《しつりょう》

著　者　小《こ》池《いけ》昌《まさ》代《よ》
発行者　小田久郎
発行所　株式会社思潮社
〒一六二－〇八四二　東京都新宿区市谷砂土原町三－十五
電話〇三－三二六七－八一五三（営業）・八一四一（編集）
ＦＡＸ〇三－三二六七－八一四二
印刷所　創栄図書印刷株式会社
製本所　小高製本工業株式会社
発行日　二〇一八年十月二十五日